Mark Galsworthy

Am Anfang
war das Wort

Umschlaggestaltung:

Morgana Freundt, Berlin

Herstellung und Verlag:

Books on Demand GmbH, Norderstedt

ISBN 978-3-8391-9889 -6

Meiner Mutter

Auf der Suche nach Unterlagen für mein letztes Buch "Der Musketier des Kaisers", fand ich im Nachlaß meiner verstorbenen Mutter einige vergilbte Manuskripte.

Diese waren sozusagen meine "Erstlingswerke", geschrieben Ende die Siebziger in Drumnadrochit, einer kleinen Anhöhe in den Highlands über der Urquhart Bay des Loch Ness.

Meine Mutter hatte sie gehütet wie einen Schatz, schrieb ich sie doch in der Heimat meines Vaters, den sie so sehr geliebt hatte.

Mark Galsworthy

Ein's bist du dem Leben schuldig,

kämpfe oder duld' in Ruh,

bist du Amboß, sei geduldig,

bist du Hammer, schlage zu!

Inhaltsverzeichnis

Am Anfang war das Wort

Die Fallschirmjäger der Cluaran

Am Anfang war das Wort

Wir waren nun schon drei Tage in Alarmbereitschaft. In dieser rauhen Umgebung gab es nur Regen oder Sturm, und beides stand unserer Mission im Wege:

Der Regen, weil er unsere Gleitschirme sich nicht entfalten ließ, der Sturm, weil er eine Navigation unmöglich machte.

So harrten wir also aus auf dem Hügel und warteten auf ein paar Stunden Sonnenschein, um unseren Einsatz zu starten.

Uns allen war es klar, daß es, erstmal gestartet, keinen Weg mehr zurück gab, für niemanden von uns. Aber es gab auch keine Alternative unseren Fortbestand zu sichern.

Gerade hatte sich eines der Gewitter verzogen und gab den Sonnenstrahlen die Bahn frei auf unseren Hügel, an dessen Fuß der kleine Fluß durch die Wiesen mäanderte. Selbst der Wald dort hinten im Westen wechselte seine Farbe von grau in ein sattes Grün.

In unseren Reihen war die Spannung jedes einzelnen nun greifbar. Jetzt hieß es den günstigsten Zeitpunkt zu erwischen und sich vom Wind wegtragen zu lassen, erst den Hügel hinunter und dann mit etwas Glück, einen Aufwind nutzend, weit weg, um irgendwo zu landen und uns neuen Lebensraum zu sichern.

Die Basis, die uns bisher vor dem Sturm geschützt hatte, gab uns frei, und als der nächste warme Wind kam, ließen wir uns mit unseren Gleitschirmen von ihm forttragen.

Ich genoß diesen Moment, auf den ich nun seit ich denken konnte, gewartet hatte. Dieses Gefühl schwerelos durch die Luft zu gleiten, war wunderbar.

Unsere ganze Gruppe schwebte Richtung Wald und breitete sich aus, sodaß wir uns gegenseitig immer mehr aus den Augen verloren, und genau das war ja auch geplant, wollten wir doch möglichst viel Neuland erobern.

Da verschwand auf einmal die Sonne hinter einer dicken Wolke und nicht weit neben mir fielen unvermittelt dicke Regentropfen vom nun wieder grauen Himmel.

Mit Entsetzen sah ich viele meiner Kameraden mit nassen, zusammengeklatschten Schirmen abstürzen, direkt auf das steinige Flußufer und in dessen Strom. Das eine wie das andere war für sie tödlich.

Der Hauptteil von uns war jedoch schon in der Nähe des Waldes, der nun wieder dunkel vor sich hin drohte. Verzweifelt hofften wir auf eine Änderung der Windrichtung, denn ein Landen im Wald hätte nicht sofort zum Tod, aber zu einem langen Siechtum geführt.

Immer näher kam der Wald, und ich konnte schon die ersten Bäume erkennen, als der Wind tatsächlich etwas drehte. Nicht viel, aber genug um mir eine andere Richtung und auch etwas Auftrieb zu geben, während meine Kameraden im Wald in ihr ungewisses Schicksal entschwanden.

Da sah ich den kleinen Hügel, wie geschaffen für eine neue Basis und nur schwach bewachsen.

Angespannt schaute ich in seine Richtung, und als würde dieser Blickkontakt meinen Flug steuern, glitt ich tatsächlich dorthin. Die letzte Windhilfe nutzend landete ich sicher auf der kleinen Anhöhe.

Kaum hatte ich mich vom Schirm befreit, grub ich mich erst einmal schützend ein.

Hier mußte man glücklicherweise nicht lange warten, schon bald kam der gewohnte Regen und durchtränkte mein Erdloch.

Das war das Kommando für die Invasion. Ich trieb meine Wurzel in den feuchten Sand, die sich schnell verzweigte. Den so geschaffenen Halt nutzend durchbrach ich den Rest meines Panzers und reckte meine beiden Keimblätter in den schottischen Himmel.

Ich hatte es geschafft!

Jetzt ein Jahr wachsen, viele stachlige Blätter bilden und im zweiten und letzten Jahr blühen, um dann, bevor ich sterbe, meine Kinder auf dieselbe Weise zu entsenden, den Fortbestand Schottlands Disteln zu sichern.

Ewig

Am Anfang war das Wort

Kein noch so Mächt'ger kann sie nehmen,

kein noch so Mieser sie vergällen,

kein noch so Närr'scher sie verhöhnen,

kein noch so List'ger kann sie stehlen.

Sie ist uns Lehrer, ist uns Vater,

ist uns Gläub'ger, ist uns Schuldner,

ist uns Nährer, ist uns Mahner,

ist Thyrann für uns und Dulder.

Sie läßt uns büßen, lehrt uns Hoffen,

läßt uns zaudern, lehrt uns Siegen,

macht uns stolz, macht uns betroffen,

belebt uns und läßt uns erliegen.

Wir hassen sie für all' die Plagen,

die sie uns täglich offeriert,

wir lieben sie an jenen Tagen,

wo sie Glückseligkeit serviert.

Wenn alles alt ist und vergeht,

dann bist Du doch noch immer jung,

wenn unsren Staub der Wind verweht,

trotzt Du dem Tod, Erinnerung !

Am Anfang war das Wort

Begierde

Am Anfang war das Wort

Begierde

Halb umhüllt dreht sie geschmeidig
sich in seinen starken Händen.
Die Hülle fühlt sich sanft und seidig,
seine Finger tasten nach den Enden.

In seinen Augen steht Verlangen,
zwar ist es nicht das erste Mal,
doch hält er süchtig sie umfangen,
das Warten wächst sich aus zur Qual.

Sie hat bisher kein Mann berührt,
doch ist bereit sie, zu entflammen.
Ihre Flanke er zum Munde führt,
mit Mühe hält sie sich zusammen.

Fest spürt sie seine starken Lippen,
dann wird ihr heiß und sie vergeht.
Von ihr bleibt nur ein kleiner Kippen;
er sich schon bald die nächste dreht.

Am Anfang war das Wort

Eros

Am Anfang war das Wort

So, wie die Liebe wird kein Wort,
in einem fort,

so strapaziert, sooft gesungen -
schnell verklungen.

Es tobt und schwingt in unsern Hirnen,
schuf die Dirnen.

Was der Säugling spürt, kaum auf der Welt,
man für Mutterliebe hält.

Das erste Kribbeln, sobald es durch den Körper fließt,
in die Seele sich ergießt.

Die Schauer, die nach dem ersten Kuß uns wohlig schütteln,
an unser'm Weltbild rütteln.

Die großen Sprüche, die großen Schwüre - hoch und heilig
voreilig, voreilig !

Nie hätte man sich die erste gemeinsame, laue Nacht,
so schön gedacht.

Du kommst Dir einzig, jung und riesig vor -
armer Thor.

Doch hat der Beischlaf erst, wenn Ringe es belegen,
des Staates Segen.

Wenn man sich nach Jahren nicht mehr versteht,
jeder seiner Wege geht.

Dann klagt man einer Jüngeren sein Leid,
die macht sich breit.

Ihr Schwätzer nennt nur Eure Triebe
heuchelnd Liebe !

Am Anfang war das Wort

Herbst

Am Anfang war das Wort

Herbst

Wenn des Sommers warme Tage,
sind vergangen und vorbei,
bringt der Herbst die schönsten Farben
in das grüne Einerlei.

Wenn die bunten Blätter tanzen,
weil der Herbstwind es so will,
des Sommers Kräfte nun erlahmen,
wird es in Wald und Wiese still.

Wenn der Nächte frost'ger Panzer
alles Leben unterdrückt,
war die Natur der Souverän,
sie gibt sich nun in ihr Geschick.

Wenn alles stirbt was nicht bei Zeiten
der kalten Macht ein Schnippchen schlägt,
freut Ihr Euch bunter Blätterleichen,
verdrängt, daß nur was grün ist lebt !

Am Anfang war das Wort

Angeln macht Spaß

Am Anfang war das Wort

So zehn bis zwanzig Minuten döste ich vor mich hin, vor mir die Angel, an deren Haken ein fetter Wurm hing und deren Schwimmer auf und nieder wippte.

Es war hier ein herrliches Stück Erde, ein tiefblauer See, umgeben von steilen, bis zur Hälfte grünbewachsenen Bergen, deren Spitzen silbern von den dort ewig liegenden Schneefeldern im Lichte der Sonne blitzten. Die Sonne war noch nicht sehr hoch im Firmament, es war noch Frühling, und der letzte Schnee schmolz erst vor wenigen Wochen.

Überall begann sich nun Leben zu regen und der ewige Kreislauf der Natur begann auf 's Neue. Die Partner aller Kreaturen hier suchten und umwarben sich, um sobald wie möglich an den Nachwuchs zu denken und so ihren Teil zur Evolution beizusteuern.

Da begann sich langsam mein Magen zu rühren. Da ich seit gestern Abend nichts mehr zu mir genommen hatte, empfand ich doch ein recht unangenehmes Hungergefühl.

Plötzlich wurde ich abgelenkt von dem Paarungs-spiel zweier Libellen. Sie schwirrten durch die Luft, dicht über der Wasseroberfläche und hatten sich bald so ineinander verhakt, daß sie ein fliegendes Herz bildeten und schwebten so über den See.

Von links kam ein Wasserkäfer mit seinen eigen-tümlichen Schwimmbewegungen an die Wasseroberfläche, nahm Luft und entschwand auf dem gleichen Weg.

Einen halben Meter nach rechts hatte zwischen den Seerosen eine fette Wasserspinne ihre Schwimm-glocke gebaut in die sie unaufhörlich mittels ihrer be-haarten Beine Luftbläschen von "oben" holte und in ihre Glocke entweichen ließ.

In einer Blechdose unweit vom Ufer hatte es sich ein Flußkrebs derweil gemütlich gemacht und suchte bei seinen Ausflügen den sandigen Boden des Sees nach Eßbarem ab. Da überkam mich plötzlich wieder der Hunger, riß mich aus meinen Gedanken und ohne viel zu überlegen, getrieben von diesem stechenden Gefühl des Hungers schnappte ich nach dem Wurm.

Ein rasender Schmerz machte sich in meinem Oberkiefer breit, der erst endete, als der grinsende Mann am anderen Ende der Angel mich mit einem Schnitt hinter meine Kiemen tötete.

Am Anfang war das Wort

Auf der Schwelle

Am Anfang war das Wort

.

.

Auf der Schwelle

Weiß gekachelt sind die Wände,
an der Decke Leuchtstofflicht,
kaum noch spür ich meine Hände,
manch′ Schleier hindert meine Sicht.

Besorgte Mienen mich umgeben.
Doch steht die Sorge nur zur Schau.
Theater nur ihr fleiß′ges Streben,
was hinter steckt, seh′ ich genau.

Die einen, die im weißen Kittel,
voll Sorge von Berufes wegen,
ob Schwester oder Doktortitel
bezeichnen diese Farce als pflegen.

Für sie besteht der Mensch allein
aus Knochen, zweihundert an der Zahl,
acht Litern Blut und Innerei′n,
die zu kuriern reicht alle Mal.

Die anderen, die mir bekannten,
die sorgen sich aus and′rem Grund.
Das sind die lieben Anverwandten,
die kämen nicht, wär ich gesund.

Am Anfang war das Wort

Für sie besteht der Mensch im Alter
nur noch aus Krankheit und aus Geld.
Sie spielen gern den Sachverwalter,
gilt es zu scheiden aus der Welt.

Von früh bis spät gebär'n sie Worte,
die jahrelang man hat vermißt,
'nem großen Stück der Erbschaftstorte
gilt diese widerliche List.

Ja, Ihr Heuchler hier im Kreise,
was glaubt Ihr, wer hier vor Euch liegt?
Es stimmt, der Körper, der ist greise,
der Tod doch nur den Stoff besiegt!

In meiner alten welken Hülle
glimmt auf, was lange hat geruht,
zu beenden dieser Qualen Fülle,
und dies' alleine macht mir Mut.

Verscharrt nur heuchelnd meine Reste,
ich traure diesem Leib nicht nach.
Füllt Euch den Wanst beim Leichenfeste,
schlagt Euch ums Geld, mit Zank und Krach.

Auf der Schwelle

Weiß gekachelt sind die Wände,
an der Decke Leuchtstofflicht.
Ich sehe diesmal and're Wände
als mir jemand auf den Hintern drischt.

Am Anfang war das Wort

Bekehrung

Am Anfang war das Wort

Bekehrung

Schränk' doch mal das Rauchen ein,
Du kennst doch die Gefahr dabei !
Denk' doch nur an 's Raucherbein
und Lungenkrebs ganz schrecklich sei !

Die Worte hört' ich zur Genüge,
gepredigt stets von meiner Frau.
Die Wahrheit machte ich zur Lüge,
Im Innern spürt' ich es genau.

Nichtraucher werden nie verstehn
der Zigarette Hochgenuß !
Nur Krankheit sie und Kosten seh'n,
in meinen Augen blanker Stuß !

Des Inhalieren Herrlichkeit,
wenn würz'ger Qualm die Lunge füllt,
sich macht in jeder Bronchie breit -
dies bleibt dem Kritiker verhüllt.

Sie reden nur von Krebs und Leiden
und werden grob und aggressiv,
an Rauchverboten sie sich weiden
und würz'ge Luft ist für sie Mief !

Am Anfang war das Wort

In des Morgens frühen Stunden,
bei den ersten tiefen Zügen,
hab' ich ein Kitzeln erst empfunden,
Anzeichen, die bestimmt nur trügen !

Doch aus dem Kitzeln wurden Schmerzen,
dann kam der Husten, trocken, hohl.
Ich konnt' nicht mehr darüber scherzen,
ich hörte auf - und mir ward wohl !

Das Rauchen hab' ich überwunden,
Zehn Jahre währte diese Plage,
ich hab's als solche nie empfunden,
doch hör' mein Freund, was ich Dir sage:

Schränk' doch mal das Rauchen ein,
Du kennst doch die Gefahr dabei !
Denk' doch nur an ' s Raucherbein
und Lungenkrebs ganz schrecklich sei !

Geliebte

Am Anfang war das Wort

Oh, Du Quelle meiner Freuden,
oh, Du Ursprung meiner Lust,
Laß mich an Deinem Anblick weiden,
mit Dir erleb' ich keinen Frust!

Wenn Dein Duft mich zart umschmeichelt,
wenn ich Deine Nähe spür',
meine Hand Dein' Hals zart streichelt
den meine Lippen zart berührn.

An Deinen inn'ren Werten labe
ich mich und schätze Deinen Geist,
den ich sooft genossen habe,
der mich beflügelt, wie Du weißt.

Die Zeit mit Dir vergeht im Fluge,
am Morgen drauf, da wird mir flau,
in meinem Hirn zeigt sich manch Fuge,
Du bist nun leer, und ich noch blau !

Am Anfang war das Wort

Metamorphose

Am Anfang war das Wort

Spieglein, Spieglein an der Wand,
wie zieh' ich nur 'nen Mann an Land ?!
Nun bin ich schon fast Mitte dreißig,
die ersten Adern schwellen an,

zwar schminke ich mich viel und fleißig,
nicht alles man verdecken kann.
Spieglein, Spieglein an der Wand,
wie zieh' ich nur 'nen Mann an Land ?!

Schon in der Schule war es gräßlich,
die Pickel in der Pubertät,
ich war nicht schön, schon eher häßlich.
Das erste Mal geschah recht spät.

Spieglein, Spieglein an der Wand,
wie zieh' ich nur 'nen Mann an Land ?!
Ich tat es, weil ich einen wollte,
viel Freude hat' ich   dabei nicht,

Er nur, weil seine Freundin schmollte,
nie wieder sah ich sein Gesicht.
Spieglein, Spieglein an der Wand,
wie zieh' ich nur   'nen Mann an Land ?!

Am Anfang war das Wort

Voll Neid sah ich die andren Frauen,
in Weiß an ihrem schönsten Tag,
verliebt auf ihre Partner schauen,
nur ich fand keinen,der mich mag.

Spieglein, Spieglein an der Wand,
wie zieh' ich nur 'nen Mann an Land ?!
So ging es mir so viele Jahre,
die Zeit, sie fordert ihr'n Tribut.

Das erste Grau durchzieht die Haare
und Haß mein Herz, auf die Männerbrut.
Spieglein,Spieglein an der Wand,
ich zieh wohl nie 'nen Mann an Land !

Ich werde mich nicht länger pflegen,
ich lauf in ausgetret'nen Schuh'n,
erreg' mich nicht der Mode wegen,
ich ändere mein Sein und Tun :

Statt den Männern nachzuschielen,
geb' ich mich lesbisch, weil's modern,
die Intelektuelle werd' ich spielen,
einsam bleib ich, doch man denkt, gern !

Metamorphose

Spieglein, Spieglein an der Wand,
eine Emanze mehr im Land!

Am Anfang war das Wort

Flug

Am Anfang war das Wort

Flug

Hoch in den Wolken zieh' ich Kreise,
als wäre ich den Adlern gleich.
Ich gleite auf die schönste Weise
durch dieses sonn'ge Himmelreich.

Dort unter mir im Schein der Sonne,
sind Dörfer, Wiesen, Wälder, Seen.
Der Anblick erzeugt in mir Wonne,
so hab ich es noch nie geseh'n.

Ich ziehe langsam meine Schleifen,
flieg tiefer, weil da etwas ist.
Ich kann es noch nicht ganz begreifen,
was eigentlich geschehen ist.

Dort unten windet schlangengleich,
sich ein Band und trennt das Grün,
'ne Straße kommt es mir sogleich,
versucht mich magisch anzuzieh'n.

Tief und tiefer flieg ich nun,
ich sehe Autos, Menschen auch.
Es ist wie unter Zwang mein Tun,
ich seh' Erregung, Feuer - Rauch.

Am Anfang war das Wort

Die Leute umeinander rennen,

ein Mensch beschäftigt mein Gemüt,

und während noch die Autos brennen,

ein Notarzt sich um ihn bemüht.

Ich kann die Flugbahn nicht mehr halten,

ein starker Sog zieht mich hinab.

Mir unbekannte Kräfte walten,

und mein Bewußtsein gleitet ab.

Wilde Schmerzen meinen Körper plagen,

den, der meinen Kopf hochhebt,

höre ich aus weiter Ferne sagen:

Es ist geschafft, ein Glück, er lebt !

In ihrem Sinne

Am Anfang war das Wort

In ihrem Sinne

Zwei Betten in dem Großen Saal,
umringt von summenden Maschinen,
bergen zweier Menschen Qual,
denen sie als Lager dienen.

Was der Arzt Bewußtsein nennt,
ist entschwunden beiden Wesen,
und was die Medizin nicht kennt,
gibt 's nicht und ist nie dagewesen!

Doch ist es sichtbar allen beiden,
was hier geschieht um sie herum,
sie müssen für sich selber leiden,
für alle ander'n bleib'n sie stumm.

Der eine hat sich aufgegeben,
er wartet auf den sanften Tod,
der and're hängt wie wild am Leben,
doch niemand hört der Seelen Not.

Der, der bereit ist abzutreten,
hält man am Leben, ihm zur Qual.
Er hört wie die Verwandten reden:
„Sterben darf er auf keinen Fall!"

Am Anfang war das Wort

Sie meinen 's gut, denkt er verbittert,
doch denken sie wohl mehr an sich,
denn wenn der Tod auch sehr erschüttert,
dient Trauer nur dem eignen Ich.

Der and're, der beseelt vom Leben,
zum Sterben lang nicht ist bereit,
hört wie die Verwandtschaft eben
traurig bekundet: Es sei Zeit.

Zu lange dau're schon sein Leiden,
der Tod wohl die Erlösung sei.
Schleimheilig sie darum entscheiden,
er soll ihm gegönnt sein,-Heuchelei !

Als hätten Weisheit sie geborgt,
verlassen sie den großen Raum,
wo nur ein Körper noch versorgt,
den Fluch des and'ren spür'n sie kaum.

Damals war �s

Am Anfang war das Wort

Was gibt es gemütlicheres als an kalten Winterabenden in einer mollig warmen Stube zu sitzen und den Geschichten eines Großvaters oder einer Großmutter von früher zu lauschen.

Heute war wieder so ein Tag. Ich schüttelte mir den braunen trockenen Schnee von der Jacke und ging durch die Diele in das Wohnzimmer.

Da saß in seinem Lehnstuhl mein Großvater. Mit seinen schneeweißen, dichten Haaren und seinen Runzeln im Gesicht strahlte er immer wieder eine Aura von Würde aus.

Wir lebten allein in dieser wüsten Gegend, meine Eltern kannte ich nicht, meine Mutter starb bei meiner Geburt, und mein Vater ist gefallen.

So ist mein Großvater stets die Bezugsperson für mich gewesen und hat mich all das gelehrt, was sonst den Eltern vorbehalten blieb.

Am meisten aber faszinierten mich die Geschichten von früher, vor dem Krieg.

Großvater schneuzte sich die Nase mit seinen mißgebildeten Händen, murmelte etwas vor sich hin und fing, als er meiner gewahr wurde, unvermittelt an zu lächeln. Die Begrüßung war herzlich wie immer, und wir setzten uns an den Tisch, wo er mir reichlich von dem auftat, was ihm heute zum Mittag diente. Ich langte kräftig zu und verspürte eine überflüssige Ungeduld, die wohl daher kam, daß ich sobald wie möglich mit ihm am Ofen sitzen und seinen Erinnerungen lauschen wollte.

Nach dem Mahl machten wir es uns dann so bequem wie möglich, und mein Großvater fragte mich zuerst alltägliche Nebensächlichkeiten, bis er meinem Bohren nachgab und endlich mit seiner Geschichte begann:

„Nun, wie Du weißt, war dies hier einmal ein schönes und reiches Land. Wir hatten zwar einen Krieg verloren, doch brachte uns der Fleiß unseres Volkes wieder auf die Beine. Es gab zwar einige wirtschaftliche Einbrüche und eine große Arbeitslosigkeit, doch mit Hilfe einer Partei, hinter der die meisten standen und die die anderen Parteien mangels Alternativen gewähren ließen, wurden die schlimmsten Klippen umschifft. Es wurden zwar politische Minderheiten verfolgt, doch wurde dies vom größten Teil der Bevölkerung getragen.

So ging es bergauf, die vor wenigen Jahren geschlagende Wehrmacht wurde wiederbelebt und wuchs zu alter, wenn nicht größerer Stärke heran. Wir schlossen einen Pakt mit einer Großmacht, damit jeder ungestört seinen Interessen nachgehen konnte. Diese Großmacht hatte jedoch Appetit auf andere Länder, die sie ihrem

Einfluß unterwerfen wollte, und auch wir hatten noch einige Fragen der Nation zu klären.

Es kam, was kommen mußte. Nur daß dieser Krieg anders war. Weder wurde marschiert, noch gekämpft, alles was uns und allen anderen Menschen geschah, passierte eben. Und was passierte, war schrecklich. Schrecklich, weil es aus heiterem Himmel kam.

Nichts warnte davor, und es gab auch keine Möglichkeit davon zu rennen, geschweige denn, sich zu verteidigen.

Die Menschen starben oder verschwanden einfach ohne nennenswerte Spuren zu hinterlassen.

Irgendwann war es vorbei.

Die Ruhe, die nun herrschte, war schlimmer als das Getöse beim großen Sterben alter Art.

Und ich weiß bis heute nicht, wer den Krieg nun wirklich gewonnen hat."

Mein Großvater schwieg, und ich sah wie eine Träne aus dem Winkel seines linken Auges rann, die er schnell mit seinen eigenartigen Händen abwischte.

War es wirklich so, wie er erzählte, oder hatte er vieles verdreht?!

Ich war mir nie klar darüber, obwohl ich nicht glauben konnte, daß Großvater die Unwahrheit erzählen würde. Aber wen sollte ich fragen? Ich habe außer ihm ja noch nie jemanden gesehen.

Am Anfang war das Wort

Nachdenklich kratzte ich mich mit meinen zwei Fingern über meinem Auge auf der Stirn.

Die Buche

Am Anfang war das Wort

Die Buche

Zu Füßen jener alten Buche,
die manches Leid sah, dieser Welt,
gleich einem großen Leichentuche,
wogt kräftig gelb ein Weizenfeld.

War sie doch erst ein junger Stamm,
als der Franzosen Größenwahn
sich festfraß in des Winters Schlamm,
und Tausenden das Leben nahm.

Sie freute sich an and'ren Tagen,
wenn ihr zu Füßen halb im Schatten,
verliebt sich in den Armen lagen,
die noch so vieles vor sich hatten.

Die Träume mancher jungen Leute
erfüllten sich jedoch fast nie.
Der Traum spielt morgen, Schicksal heute,
und das kennt keine Harmonie.

Und sah der Baum bisher Kosaken,
war es anschließend ein rotes Heer,
im Kampf mit weißen Kakerlaken
fiel so manch Revolutionär.

Am Anfang war das Wort

Nach des Bürgerkrieges Schrecken
fiel'n der blinden Säub'rungswut,
zum Opfer viele rote Recken,
unnütz vergossen ward ihr Blut.

Und wieder dröhnten die Geschütze.
Ein Heer von Narren kam heran,
mit Totenköpfen an der Mütze,
verblendet voller Rassenwahn.

Den Lebensraum im Osten suchend,
brachten sie Terror, Tränen, Blut,
im Winter jedoch, leise fluchend,
verreckten viele von der Brut.

Und jedem, den der Wahn verdroß,
und verweigerte den Blutbefehl
ein Ast als Henker dienen muß;
das tötete des Baumes Seel'.

Heut steht der Baum als tote Hülle
auf dem Hügel über'm Weizenfeld.
Hier floß das Blut in großer Fülle,
doch fließt es ständig auf dieser Welt !

Du sollst nicht töten

Am Anfang war das Wort

Du sollst nicht töten

Ihr Sachsen, wer schlachtete Euch hin ?
Der große Karl auf Gottes Geheiß !
Und Ihr Söhne der Wüste, wer metzelte Euch ?
Die Kreuzritter, wie wohl jedermannn weiß !

Und Ihr deutschen Bauern, wer verriet Euch im Kampf?
Die Fürsten zuerst, dann auch Martin Luther !
Und wer meuchelte Euch, Ihr Hugenotten ?
Des Franzosenkönigs so fromme Mutter !

He Indio, wer hat Dich ermordet ?
Die Spanier seiner katholischen Majestät !
Und Du Indianer, wer nahm Dir alles ?
Die weißen Siedler mit Gewehr und Gebet !

Und Ihr gefall'nen Soldaten aller Nationen,
Wer trug die Schuld an Eurem Tod ?
Gesegnete Waffen, geweihte Kanonen !
Wenn Jesus noch lebte, vor Scham wär er tot !

Am Anfang war das Wort

Entschuldigt

Am Anfang war das Wort

Entschuldigt

Aug' in Aug' sie sich fixieren,
wohl ist keinem in der Haut.
Bei einem ist's unsich'res Stieren,
beim anderen nur Angst man schaut.

Dem einen ziehen lauter Zweifel,
durch den Kopf und martern ihn.
Der andere kann nichts begreifen,
nur nackte Angst erfüllt sein Hirn.

Die Hemmungsschwelle ist doch höher,
als er sich vorher hat gesagt,
der Schritt vom Menschen zum Zerstörer
gelingt nie, wenn 's Gewissen plagt.

Doch wenn man schöne Worte findet,
ist das Gewissen bald besiegt,
wenn man dann objektiv auch schindet,
Einer muß es tun - oh, wie man lügt.

Die Hände packen den großen Hammer
und dreschen auf die Kreatur,
die taumelt, fällt, es ist ein Jammer,
wie pervertiert man die Natur.

Am Anfang war das Wort

Der erste Teil ist nun erledigt,
das Messer raus, nun stößt er zu.
Am Sonntag in der Morgenpredigt,
dort findet seine Seele Ruh'.

Rasch ergießt sich auf dem Boden,
das Blut aus dem Einstichkanal,
den Metzgermeister hört man loben:
„War gar nicht schlecht für 's erste Mal!"

Geistlicher Beistand

Am Anfang war das Wort

Schritte hallen durch die nächtliche Stille des Nordflügels, ein Schloß wird aufgesperrt und ein Mann in Schwarz betritt die kleine Zelle, die Tag und Nacht von einer kleinen Glühlampe beleuchtet wird. Die Gestalt auf der Pritsche dreht sich grunzend um und beäugt den Mann unwirsch.

„Gottlieb Schleim" stellt dieser sich vor, „ich bin der Gefängnisgeistliche." –

„Na, und ?"

„Mein Sohn, ich will Dir in deiner schwersten Stunde zur Seite steh'n!"

„Wieso, hängen sie Dich auch auf ?"

„Nein, nein, das nicht, doch wo Du nun so bald vor das Antlitz unseres Herrn treten wirst… "

„ Ich hab' den Gefängnisdirektor schon mal gesehen, damals..."

„ Den mein ich doch nicht, vor Gott, den Allmächtigen ..."

„Kennst Du den denn ?"

„ Selbstverständlich mein Sohn, ich bin doch sein Diener !"

„Dann leg doch mal ein Wort für mich ein !"

„Ich werde für Dich beten !"

„Und dann hängen sie mich nicht auf?"

„Das steht nicht in meiner Macht ! "

„ Ich denke Dein Boß ist allmächtig ? "

„ Selbstverständlich ! Nur sein Wille geschieht !"

„ Dann will er also, daß man mich henkt?"

„Es steht uns nicht zu, seinen Ratschluß zu kritisieren!"

„Was willst Du dann eigentlich von mir, Dich für ihn entschuldigen ? "

„Wie kannst Du nur so reden? Du hast doch schließlich Menschen umgebracht !"

„Na und, hat er seinen angeblichen Sohn nicht auch ans Kreuz schlagen lassen ? "

„Das war doch was ganz anderes, unser Herr Jesus ist für unsere Sünden gestorben !"

„Und warum henkt man mich? Dann sind meine Morde doch durch die Pauschale Deines Juniorchefs getilgt!"

„ Ich will mit Dir nicht diskutieren, ich will Dir die Beichte abnehmen!"

„Wozu ?"

„Damit Du ohne Sünde vor den Herrn treten kannst!"

„Wenn ich jetzt beichte, bin ich frei von Sünde ?"

„ Ja !"

„Dann kann ich als freier Mann das Loch hier verlassen ?"

„Du bist vorm Herrn frei von Sünde, nicht vor den Menschen!"

„Du hast doch aber gesagt, daß nichts geschieht ohne ein OK von Deinem Boß !"

„Ja, daß stimmt, aber…

„Sag mal, wie war denn heute die Hinrichtung?" –

„ Ziemlich lahm !"

„Wieso, hat Harry nicht getobt ? "

„Nein, er war irgendwie übergeschnappt, murmelte was von Sünde oder so."

„Vielleicht hat der Pfarrer ihn bekehrt?"

„Mag sein, bloß komisch, daß der gar nicht dabei war? "

„ Er mußte dringend weg."

„Es ist sowieso eigenartig, daß er überhaupt mit Harry sprechen konnte, der hat doch schließlich vier Pastoren und fünf Wanderprediger umgebracht !"

„Er hatte wohl mit der Kirche nicht viel im Sinn?"

„Bei Gott nicht, den ersten Pfarrer erschoß er mit sechzehn !"

„Dann möchte ich wissen, warum er bei der Hinrichtung ein Kruzifix trug?"

In sanum corpus

Am Anfang war das Wort

In sanum corpus

Kalter Rauch schlug mir entgegen, als ich das Lokal betrat, und wie immer ebbten die Gespräche an den Tischen ab, so bald man meiner gewahr wurde. Das einsetzende Tuscheln kam mir vor wie das Scheppern der Schwanzscheiben einer Klapperschlange, die um die Tische kroch, Ellbogen drückten sich in die Seiten derer, die noch nicht so auffällig unauffällig zu mir hersahen, dann entschied sich, wie immer, die eine Hälfte für peinliches Wegsehen, die andere zu ungeniertem Herstarren.

Ich kannte das nun schon zur Genüge, kann aber nicht sagen, daß mich dieses Verhalten nicht mehr stören würde.

Gut, ich war nicht viel größer als einmeterfünfundvierzig, was von meiner nicht ganz so geraden Wirbelsäule kam, aber ich hatte einmal ein ganz hübsches Gesicht, zumindest bis zu dem Tage, als ich eine Frau aus dem Dorf unweit von hier, aus ihrem brennenden Fahrzeug holte. Dafür bekam ich ein Stück Blech vom Bürgermeister, etwas Salbader, ein paar Drinks und nach deren Verheilung ein paar hübsche Brandnarben, die mein Gesicht feuerrot überzogen.

Der Rummel war bald vorbei und die Menschen wandten sich anderen aufregenderen Sachen zu, warum ich so aussah wußte bald keiner mehr, und ich war ja sowieso ein Krüppel gewesen von Geburt an. Einundvierzig Jahre lebte ich nun schon hier. Selbstverständlich allein, denn das einzige Gefühl, das ich bei Frauen erwecke ist betroffenes Mitleid.

Achtzehn Jahre ist nun schon die Sache mit dem Unfall her, und mein Vater ist nun auch schon vierzehn Jahre tot. Er starb drei Jahre nach dem Tod meiner Mutter.

„Na Kleiner ?" riß mich eine Stimme aus meinen Gedanken, „was willst Du trinken, ein Glas Milch?"

Ein aufgesetztes Lachen folgte und ein beifallheischender Blick in die Runde.

„Soll gut sein für die Haut!"

Ich beachtete diesen Typen nicht weiter und bestellte beim Wirt ein Glas Bier.

Keiner sollte mir das Recht nehmen, in einem Lokal zu sitzen und das zu trinken, was mir gefiel.

Dieses widerliche, angesoffene Geschöpf neben mir ließ sich jedoch überhaupt nicht stören und fuhr fort, meine Erscheinung weiter publikumswirksam zu beschreiben. Als ich meine Stimme endlich erhob und mir etwas Respekt erbat, nahm er das Glas Bier, das mir der Wirt eben rübergeschoben hatte und entleerte es auf meinem Kopf.

Als ich mir die Flüssigkeit aus dem Gesicht wischte und mich im Raum umsah, konnte ich niemanden erblicken, das sich auch nur annähernd mit mir solidarisierte und als dann auch noch der Wirt mich aufforderte, das Lokal zu verlassen, weil er keinen Streit wünsche, verließ ich, innerlich explodierend, die Kneipe.

Draußen auf der Straße atmete ich tief durch und versuchte einen klaren Gedanken zu fassen. Langsam kam sie wieder, die kühle Überlegenheit. Ich war ein Krüppel - gut. Aber niemand sollte den Fehler machen, vom Körper auf den Geist zu schließen. Und was die wenigsten Menschen wissen, ist, daß ständig demonstriertes Mitleid nur Härte und Gnadenlosigkeit erzeugt.

So wie damals bei Edmund. Das ist nun auch schon fast zehn Jahre her, daß ich diesem Widerling die Rechnung für seine Demütigungen präsentierte.

Ich schnitt ihm die Bremsschläuche seines Wagens an und folgte ihm in meinem Wagen bis zu der großen Kurve außerhalb des Ortes, wo man kräftig bremsen mußte, um nicht aus der, damals noch ohne Leitplanke gesicherten, Kurve getragen zu werden.

Ich sah, wie zwar seine Bremsleuchten aufflammten, aber der Wagen pfeilgerade in den Abgrund schoß.

Ich fuhr bis zur Kurve, stellte meinen Wagen auf dem Seitenstreifen ab und kletterte den Abhang hinunter. Sein Wagen lag auf der Seite, und die Räder drehten sich noch sinnlos vor sich hin.

Drinnen lag Edmund verletzt zwar, doch er lebte und sah mich kläglich an. Ich erinnerte mich an damals, als ich die Frau rettete und mich selbst für den Rest meines Lebens zeichnete. Doch diesmal brannte der Wagen nicht, das zweifellos ausgelaufene Benzin hatte sich noch nicht entzündet. Edmund flehte mich um Hilfe an, da er eingeklemmt war und alleine nicht klar kam. Ich erzählte ihm nüchtern von damals, als ich der Frau half und anschließend nur noch der Adressat von Spott und Hohn war.

Er beteuerte zwar, daß ihm dies nun leid tut, er es nie wieder tun würde und es doch jetzt etwas ganz anderes sei.

„Ja, das stimmt", sagte ich, es sei etwas anderes und zündete mir eine Zigarette an, „damals brannte der Wagen."

Doch das ließe sich schon einrichten und ich warf die Zigarette in die sich ausbreitende Benzinlache.

Eine Feuerwolke quoll explosionsartig auf mich zu, doch mein Sicherheitsabstand war groß genung. In Ruhe wartete ich nun ab, bis erstens die Schreie verstummten und zweitens die Polizei eintraf, der ich meine vergeblichen Rettungsversuche beteuerte.

Die Sachlage schien auch klar zu sein, denn ich wurde nicht weiter behelligt, jedenfalls nicht von der Polizei.

Doch merkte ich bald, daß Edmund zwar der widerlichste, aber nicht der einzige Mensch war, der in mir nur den Krüppel sah und mich dies auch ständig spüren ließ.

Alle waren sie so! Der eine mehr, der andere weniger. Es gab keinen Menschen, der mich nahm wie seinesgleichen, geschweige denn als Freund.

Aber ich konnte sie doch nicht alle töten. Wenn ich mich an jedem rächen würde wie an Edmund, so würde früher oder später doch der Verdacht auf mich fallen. So verzog ich mich immermehr auf meine kleine Farm oberhalb des Dorfes.

Es war für die Landwirtschaft im Moment eine schwere Zeit, Ungeziefer und Schädlinge hatten uns Farmern dieses Jahr einen unbarmherzigen Kampf angesagt, und man wurde ihrer kaum Herr. Ich ging zu meinem kleinen Lieferwagen, auf dessen Ladefläche sich neunzehn Fünfzigliterkanister DDT befanden, mit denen ich der Ungezieferbrut zu Leibe rücken wollte, startete den Motor und lenkte den Wagen aus dem Ort hinaus, meiner Farm entgegen.

Wieder dachte ich an meine jüngste Erfahrung im Lokal, wie alle sich auf meine Kosten amüsierten.

‚Warum nicht alle, warum eigentlich nicht?'

Nach zehn Minuten war ich auf meinem Grundstück angekommen und entlud den Wagen.

Hier kam ich mir noch kleiner vor, als ich ohnehin schon war, wenn ich zu dem Koloß aufschaute, der nur fünfzig Meter neben meinem Zaun unvermittelt aus dem Boden wuchs:

Der Wasserturm des kleinen Ortes.

Am Anfang war das Wort

Letzter Wille

Am Anfang war das Wort

Was hockst Du hier und grämst Dich krank ?

Was pflanzt Du Blumen auf die Stelle ?

Was sitzt Du weinend auf der Bank ?

Was ist Deiner Trauer Quelle ?

Du weinst um mich ? Sag mir wieso ?

Weil ich Dich verließ ? Das ist nicht richtig !

Nicht zu trauern, scheint Dir roh ?

Du nimmst den Körper allzuwichtig !

Der Körper ist ein Fleischpaket,

wie Ballast drückt er auf die Seele.

Sie wird erst frei, wenn er vergeht.

Weshalb ich Dich damit jetzt quäle ?!

Willst Du mich denn nicht verstehn ?

Begreifst Du nicht, was ich Dir sage ?

Findest Du Trauer etwa schön ?

Was Trauer heißt, das ist die Frage !

Du siehst mich nicht mehr, ist es das ?

Du fühlst mich nicht mehr, grämt Dich dies′ ?

Stell Dir mich vor bei manchem Spaß,

merkst Du, wie Du mich fühlst und siehst ?!

Am Anfang war das Wort

Wenn ich nun zu jeder Stunde
bei Dir bin wie früher nie,
was trauerst Du, aus welchem Grunde ?
Freu Dich mit mir der Harmonie !

Nie wieder werden wir uns streiten,
kein Mißverständnis macht uns wild.
Genieße Deine Erdenzeiten,
und trage nur im Herz′ mein Bild .

Von dannen er kommen wird

Am Anfang war das Wort

Von dannen er kommen wird

Verlassend meines Körpers Schranken,
schwirrt mein Geist durch Zeit und Raum,
total verstört sind die Gedanken,
begreifen sie die Lage kaum.

Aus dem Dunst schäl'n sich zwei Türen,
die eine rechts, die and're links,
doch wohin mögen sie wohl führen,
bedarf zur Antwort eines Winks.

Die eine Türe aufgestoßen,
läßt frösteln mich Unheimlichkeit,
ich steh vor einem Saal, 'nem großen,
doch niemand ist hier weit und breit.

Drum öffne ich die andre Tür
und mich umfängt ein lautes Lachen,
man ist hier fröhlich, spielt Klavier,
mein Auge sieht die schönsten Sachen.

Da kommt schon jemand auf mich zu,
es scheint der Hausherr wohl zu sein.
Er sagt: „Hallo, wer bist denn Du ?"
Er hinkt etwas auf einem Bein.

Am Anfang war das Wort

„Wo bin ich, kannst Du 's mir verraten?"
„Na klar, man nennt mich Luzifer!"
„Was, ich muß in der Hölle braten?!"
„Ach Quatsch, wo denkst denn Du nur her !"

Die Lehrer in der Schule schon
und erst der Pfarrer sagten mir,
handelst Du nicht recht, mein Sohn,
öffnet Petrus nicht die Himmelstür.

„Das ist schon lange nicht mehr richtig,
heut weist hier niemand jemand was,
den Himmel sah'st Du ja schon flüchtig,
Du kannst hinein, ganz ohne Paß !

Und was gar einst edle Leute,
von der Hölle Dir erzählt,
alles Lüge - siehst Du heute,
den Himmel hat kein Mensch gewählt.

Und Petrus, der einst dort gestanden
und jeder Seel' die Tür verwehrt,
weil niemand je den Test bestanden,
hat Langeweile aufgezehrt.

Von dannen er kommen wird

Da hinten steht der alte Knabe,
er amüsiert sich köstlich hier,
er singt und steppt ohn' viel Gehabe,
und sein Chef Josh der spielt Klavier.

Da packt mich jemand an der Schulter und rüttelt mich,
brüllt mir in 's Ohr :
„Jetzt reißt mir aber die Geduld ab,
raus aus den Federn, es ist fünf vor!"

Am Anfang war das Wort

Recht

Am Anfang war das Wort

Das Schwert geführt von blut'ger Hand
das das Haupt vom Rumpfe trennt,
der Strom, der durch den Körper peitscht,
und auf Befehl das Fleisch verbrennt,

das Giftgas, das per Knopf entfesselt,
des Opfers Lungen qualvoll lähmt,
das Seil am Hals, das jäh sich strafft
und die Wirbel krachend bricht,

die Granate in des Feindes Stellung,
die Mann und Maus in Fetzen reißt,
der Arzt, der einem Todgeweihten,
den sanften Weg ins Jenseits weist,

nur der macht sich des Mordes schuldig:
„Im Namen des Volkes, wie es heißt."

Am Anfang war das Wort

Zeitventil

Am Anfang war das Wort

Als Du meinen Weg begleitet,
schien's mir Gewohnheit mehr, denn Glück,
und Kummer, den ich selbst bereitet,
führte ich stets auf Dich zurück.

Die schönsten Stunden, die Du mir
bereitet hast in dieser Zeit,
selbstverständlich war es mir,
gefiel mir in Überheblichkeit.

Und wenn ich ward um Dich beneidet,
hat's mir geschmeichelt - und nicht mehr !
Mein' Hochmut' hast Du stumm erleidet,
ertrugst manch Pose, manch Gebähr.

Ich merkte nicht wie still und leise,
Du Dich stahlst aus meinem Leben.
Ich war zwar schlau, doch nicht weise,
nahm ich doch stets, nun mußt' ich geben.

Doch was ich meinte zu ertragen,
weil ich für leicht es eingeschätzt,
wird schwerer mit der Zahl von Tagen,
erdrücken wird es mich zuletzt.

Am Anfang war das Wort

Nun bist Du fort, bist unerreichbar,
und breiter täglich wird der Graben,-
 was gestern noch mir wie gewohnt war,
werd ich nie mehr im Leben haben !

Meine Grenzen sich mir zeigen,
wär ich so schnell auch wie das Licht,
erreicht' ich nie der Zeiten Reigen,
einen Weg ins Gestern gibt es nicht !

Du hast Dich andern zugewendet,
die hoffentlich Dich mehr verstehn,
die nicht wie ich vom Selbst verblendet,
Dich - Jugend - stets als Partner sehn !

Tide

Am Anfang war das Wort

Bleiernd fließt seit allen Zeiten,
stetig der Gezeitenstrom,
verliert sich in des Meeres Weiten,
kehrt zurück nach Stunden schon.

Uns mag er als Lehrer dienen,
die wir unstet, rastlos leben.
Er entblößt und flutet Dünen,
kann uns manche Lehre geben.

Die Meereswelt, die er in Stunden,
voll Kraft mit Macht erstehen ließ,
in gleicher Zeit ist sie verschwunden
die selbe Kraft ermöglicht dies !

Das Schaffen um des Schaffens Willen,
ist hier der Zweck der Urgewalt.
Nicht der Eitelkeiten Sünden stillen,
nicht noch so Mächt'ges wird hier alt.

Den Aufbau Sorgfalt gleichermaßen
beherrscht, wie sie den Abbau lenkt!
Umsichtig wirken, kühl, gelassen,
dann ist Dein Wirken nicht verschenkt !

Am Anfang war das Wort

Vielfältigkeit

Am Anfang war das Wort

Vielfältigkeit

Dir ist egal welch Herrn Du dienst,
Du kennst kein Argwohn, kein Gewissen,
Dein täglich Wirken niemand dankt,
doch hilflos sind die, die Dich missen.

Für Dich gibt es kein Wenn und Aber,
was Dir befohlen, führst Du aus.
Hast nie gelernt oder studiert
Doch bist Du überall zu Haus.

Du schnitzt die kleinsten Kostbarkeiten
und schaffst die größten Monumente.
Du baust Motoren und Maschinen,
Durch Dich verschmelzen Kontinente.

Du rettest täglich Menschenleben,
doch täglich auch zerstörst Du sie;
kannst allen Menschen Nahrung geben,
gleichzeitig doch bestiehlst Du sie.

Du sprichst die Sprachen aller Länder,
bist Diplomaten unentbehrlich,
bringst Menschen knapp und kurz zum Schweigen,
machst Schwieriges leicht erklärlich.

Am Anfang war das Wort

Du hilfst dem Pfarrer auf der Kanzel,
Demagogen bei den Volkshypnosen.
Schlägst Frauen, Kindern ins Gesicht,
doch kannst Du auch wieder streicheln, kosen.

Du berührst zuerst das Neugebor'ne,
und schließt die Augen jedes Toten,
im Schlachthof mordest Du das Vieh
geschickt bewegst Du Dich nach Noten.

Du bist das erste Abenteuer,
eines jeden Mädchens, jedes Jungen.
Du schreibst den ersten Liebesbrief
und trägst den Ring, wenn es gelungen.

Du zeigst auf Menschen, sprichst ein Urteil,
malst Menetekel an die Wand.
Man könnte meinen, Du wärst allmächtig,
dabei bist Du doch nur 'ne Hand!

Kompaß für den Lebensweg

Am Anfang war das Wort

Kompaß für den Lebensweg

Diese Zeilen, die ich Dir
zugedacht vor langen Zeiten,
nimm sie als Anregung von mir,
als Freunde, die Dein' Weg begleiten.

Jeden Weg, den Du willst gehen,
bedenke gut wohin er führt.
Doch wenn Du Dich entschieden hast,
beschreit' ihn mutig, unbeirrt!

Hilf denen, die Dein' Beistand brauchen,
doch schalte den Verstand nie aus!
Erkenne die, die Dich gebrauchen
und wirf sie kurzerhand hinaus!

Hüte Dich vor dem Extremen.
Die Wahrheit hat kein' festen Ort,
Ideologie macht sie zum Schemen,
nur im Verstande lebt sie fort.

Wenn einmal dunkle, schwere Wolken
in Trübsinn tauchen Dein Gemüt,
besinn Dich auf die eignen Werte,
Dies Fundament Dir Stärke gibt!

Am Anfang war das Wort

Du wirst in Deinem künftgen Leben
zu oft und doch auch viel zu selten,
anderen Menschen Liebe geben,
drum ein paar Regeln die dort gelten:

Die Liebe läßt sich niemals steuern,
Du gibst sie ohne Garantie.
Drum sollst Du sie nicht nur beteuern,
Nur durch Dein Tun beweist Du sie !

Der Liebe die Dir and're geben,
sei stets Dein Respekt gezollt,
doch nie zum Schein nur wiedergeben
was nicht im Ernst von Dir gewollt!

Und nun zum Schluß Dir auf den Weg:
Das Leben ist nur eine Reise,
Nichts bleibt so wie Du es geseh'n
und nichts bringt dies aus seinem Gleise.

Ob Freunde, Deine Eltern, Jugend,-
von allem mußt Du Abschied nehmen.
Genieß' das Jetzt, mit seinen Fehlern,
das Glück liegt nur in dieser Tugend!

Weihnacht

Am Anfang war das Wort

Weihnacht

G'rad aus der Stadt, da komm' ich her
und ich muß Euch sagen, es weihnachtet sehr !
Überall auf den Straßen und Plätzen,
sah ich Menschen durcheinanderhetzen.

Das Klingen von Glocken dringt an mein Ohr,
es kommt aus dem Kaufhaus, der Registrierkassenchor!
Gar mancher sich zum Verschwender mausert,
der das ganze Jahr hat nur geknausert.

Darf 's für fünfhundert Mark mehr sein ? Aber,immer !
Nur Teures verschenkt man bei Kerzenschimmer !
Und manche Witwe,des Mannes endlich entledigt,
schwimmt wohlig in Selbstmitleid, während der Predigt.

All jene die sich auf das Betteln verstehen,
nun rosigen Zeiten entgegensehen.
Rasch wuchern der Heuchelei kräftige Triebe,
wer wird dies' Jahr Champion der Nächstenliebe ?!

Was vor zweitausend Jahren auf Stroh ward geboren,
entgeht dem Konsum heut nicht ungeschoren !
Stille Nacht, heilige Nacht,
erlaubt ist das, was Kasse macht !

Am Anfang war das Wort

Sprüche

Am Anfang war das Wort

Einige Menschen leiden unter ihrer Dummheit,
die meisten jedoch pflegen sie als Hobby.

Wer sich nicht entschuldigt, macht vielleicht einen Fehler,
wer sich viel entschuldigt, macht viele Fehler .

Wer sich helfen läßt, ist weise,
wer anderen hilft, ein Kamerad,
wer sich selber hilft, ein Mann !

Wer sich um andere Menschen kümmert, ist noch lange
nicht selbstlos
Wer sich nicht um andere schert, noch lange nicht herzlos.

Wer seine Nase hoch trägt, der versucht nur, sie so weit
wie möglich von seinem stinkenden Ego fernzuhalten.

Wer von seinem Beruf völlig ausgefüllt wird, muß vorher
völlig hohl gewesen sein.

Hast Du kein Vertrauen in die Taten anderer, mach es
selber, dann hast Du gewirkt.
Hast Du kein Vertrauen in Deine eigenen Taten, mach
Dir einen Gott, dann hast Du eine Ausrede.

Am Anfang war das Wort

Was uns am Kindermund erfreut, sind die Frechheiten, die wir uns von Erwachsenen verbitten.

Wenn ein Greis plappert wie ein Kind, macht uns das betroffen. Wenn ein Kind altklug daherschwätzt, wird es bewundert, und doch sind beide arme Kreaturen, die nicht so reden können wie sie wollen.

Wenn alte Liebe rostet

Am Anfang war das Wort

Ich weiß noch genau wie alles begann, damals als wir uns zum ersten Mal begegneten. Von ihm aus war es wohl Liebe auf den ersten Blick, und mir war er auch nicht unsympathisch.

Er ließ mich nicht aus den Augen, schlich lobende Worte murmelnd um mich herum, und er entschied sich für mich. Eine lange, anfangs sehr glückliche Partnerschaft begann.

Wir waren fast unzertrennlich beisammen und haben sehr viel unternommen. Ich eröffnete ihm viele neue Möglichkeiten, und er dankte es mir, indem er sich schon fast rührselig um mich sorgte. Wir sahen viel. Waren wir im ersten Jahr nur im Rheinland, so sollten Reisen nach Österreich, Italien, Spanien und Dänemark folgen. Unsere größte Tour war die in die Türkei, bis nach Ankara. Was schleppte ich nur alleine von dort an Souvenirs mit nach Hause.

Dort passierte auch der Unfall, von dem ich mich wegen der mangelnden Versorgung, durch ungeschulte Hilfskräfte, nie mehr richtig erholt habe.

Ich war zwar bald wieder zur Weiterreise fit, doch fühlte ich, wie in mir so mancher Herd zu schwelen und zu wachsen schien. Wahrscheinlich hätte er mich zu vielen Spezialisten geschleppt, Eingriffe und Behandlungen veranlaßt, wenn nicht dieses junge Ding aufgetaucht wäre.

Diese kleine schwarzhaarige Hexe, die es geschickt verstand, ihm den Kopf au verdrehen, in die er sich bis über beide Ohren verknallte und die sein Interesse an mir auf ein Minimum reduzierte.

Da hatten wir nun jahrelang die schönsten Stunden miteinander verbracht und nun war alles vergessen.

Wir sahen uns immer seltener, und wenn er kam besaß er die Geschmacklosigkeit dieses Weib auch noch mitzuschleppen. Dann ging es los, wie jedesmal begann sie sich über mich zu mokieren über mein Alter, was er denn überhaupt an mir fände, und dieses Leiden was sich inzwischen so verschlimmert hatte, daß man es mir schon von weitem ansehen konnte, das mein Äußeres schon unansehnlich zu machen begann.

Irgendwie spürte ich noch, wie sich in ihm etwas dagegen sperrte, mir den letzten entschiedenen Tritt zu geben. Dachte er vielleicht auch noch manchmal an früher, als ich noch nicht so aussah?

Vielleicht, aber sie verstand es ihm solche Gedanken als Gefühlsduselei auszureden. Und dann kam diese Fahrt, ich spürte, daß es wohl die letzte sein würde, und sie war natürlich auch mit dabei.

Die Fahrt hierher.

Hier lag ich nun, völlig hilflos, von ihm dieser Maschine ausgeliefert. Langsam senkte sich das Oberteil der Schrottpresse, und gerade noch konnte ich hören, wie sie zu ihm sagte:

"Nun mach doch nicht so ein Gesicht, morgen kaufst Du dir einen neuen, schickeren Wagen."

Am Anfang war das Wort

Ich danke für Ihre Aufmerksamkeit !

Herzlichst

Ihr

Mark Galsworthy

Kurzgeschichten mit Pfiff

Die Geschichten Galsworthys beruhen auf scheinbar ganz normalen Alltagsszenen. Der Autor aber ist ein Meister darin Verborgenes aufzudecken. Seien es nun Absurditäten oder potentielle Freuden.

Er erweist sich als literarischer Vivisekteur, dem beides gelingt, er seziert bis es weh tut, aber er kann auch kitzeln bis zum Lachanfall.

Conrad Cortin 8.November 2009

ISBN: 978-3-8391-3468-9

Biografie

Dies ist die wahre Lebensgeschichte der Maria Windecker. Sie wurde im Kriegsjahr 1940 geboren und erlitt ihre Jugend in den fünfziger Jahren.

In der Bipolarität des Aufbruchs in das Wirtschaftswunder und der bayerischen Familientradition wurde sie zum Spielball männlicher Vorherrschaft. Die Wunden, die ihrem Körper zugefügt wurden, sind verheilt, die ihrer Seele nicht.

ISBN: 978-3-8391-5245-4